書苑拾遺

翁方綱書杏林雅集圖記

王禕　主編
馮威　編

上海辭書出版社

導言

翁方綱（一七三三—一八一八），字正三、忠叙，號覃谿、蘇齋，順天大興（今屬北京市）人。清代中期文臣，金石學家、書法家、文學家。乾隆十七年（一七五二）進士，官至内閣學士。參編《四庫全書》，著有《兩漢金石記》《蘇米齋蘭亭考》《復初齋文集》《復初齋詩集》等。

翁方綱一生主要致力文化和教育事業。他精研學術，尤精金石之學。在書法領域，工楷書和行書，涉獵隸書。在當時董其昌和趙孟頫書風流行之際，他別師歐陽詢，忠心傳統，謹守法度，是歐體在清代中興的功臣。他與劉墉、梁同書、王文治合稱『清四家』（另一説是翁方綱、劉墉、永瑆和鐵保），是清代中期書法從帖學向碑學轉换之際的代表人物。

由於富藏碑拓，精於考據，翁方綱對楷書流變研究精深。在楷書譜系中，他獨愛歐陽詢，認爲歐陽詢『特立獨出，是爲唐楷之正則』，進而又强調歐陽詢的代表作《化度寺碑》和《九成宫醴泉銘》『爲唐楷之極則』，而前者又因『渾忘削勢』而『超然更上』。因此，翁方綱最崇《化度寺碑》，列爲『唐楷第一，直至内史（王羲之）』，不但收藏考證拓本，而且反復臨寫、推薦。他的楷書深得《化度寺碑》形神，小楷尤其精彩。同時，他還化楷爲行，直接『二王』帖學正脉。論綜合實力，他列入『清四家』確爲公論。

關於翁方綱楷書的書史地位，討論最多的是繼承大於創新，『祇是工匠之精細者』（包世臣語）。此類説法出自崇尚碑學和求變的清人之口是可以理解的。一百多年過去，今人回頭看，或可出新論。一向學歐體大多從《九成宫醴泉銘》或《皇甫誕碑》入手，但翁方綱借力考據優勢，尋得冷門《化度寺碑》，學有所成。從此，《化度寺碑》成爲學歐的主要字帖之一。當下教育部在推薦臨摹範本中所列歐楷範本祇有《化度寺碑》和《九成宫醴泉銘》，其源在於翁氏。此其一。翁方綱寫歐楷，突出的不是險削刻厲，而是含蘊敦古，筆速更慢，結構更穩。馬宗霍認爲，『其真書工整厚實，大似唐人寫經』，其境『樸静』。衆所周知，《化度寺碑》字雖好但拓本較模糊，翁書其實可以引領學者辨清面目。此其二。清代中期，帖學全盛，名家輩出，但論小楷，多有館閣習氣。翁方綱小楷絶少館閣體的毛病，學者静穆之氣撲面。這是他的美學、學術乃至人生追求使然。他以儒家義理論詩歌，以細密邏輯作考據，以『無一筆無來歷』治書法，所謂『凡今之士，宜備含蘊以養氣質而已，不止書法一藝也』。這些觀點，對於今日的書學界，亦可謂針砭之言。此其三。

翁方綱的楷書適合寫中楷和小楷，十分實用，其字帖在民國是暢銷品種，由於種種原因，近幾十年來反而少見。緣此，我們以中華書局在民國九年（一九二〇）出版的《翁覃谿杏林雅集圖記》爲底本，重新製版，並加釋文，尚希周知。

杏園雅集圖一卷明正統丁巳
莫春建安楊榮勉仁集諸同官
八人於其所居杏園而永嘉謝
庭循為作圖也八人者泰和楊
士奇東里謚文貞石首楊溥澹
庵謚文定泰和王直抑庵謚文

《杏園雅集圖》，一卷。明正統丁巳莫春，建安楊榮勉仁集諸同官八人扵其所居杏園，而永嘉謝庭循爲作圖也。八人者，泰和楊士奇東里、謚文貞，
石首楊溥澹庵、謚文定，泰和王直抑庵、謚文

端金谿王英時彥謚文忠吉水錢習禮謚文肅安福李時勉古廉謚忠文吉水周述東墅泰和陳循芳洲也建安楊文敏入閣最早文貞次之文定家後至正統三年戊午文定始進少保武

端，金谿王英時彥、謚文忠，吉水錢習禮、謚文肅，安福李時勉古廉、謚忠文，吉水周述東墅，泰和陳循芳洲也。建安楊文敏入閣最早，文貞次之，文定寂後。至正統三年戊午，文定始進少保、武

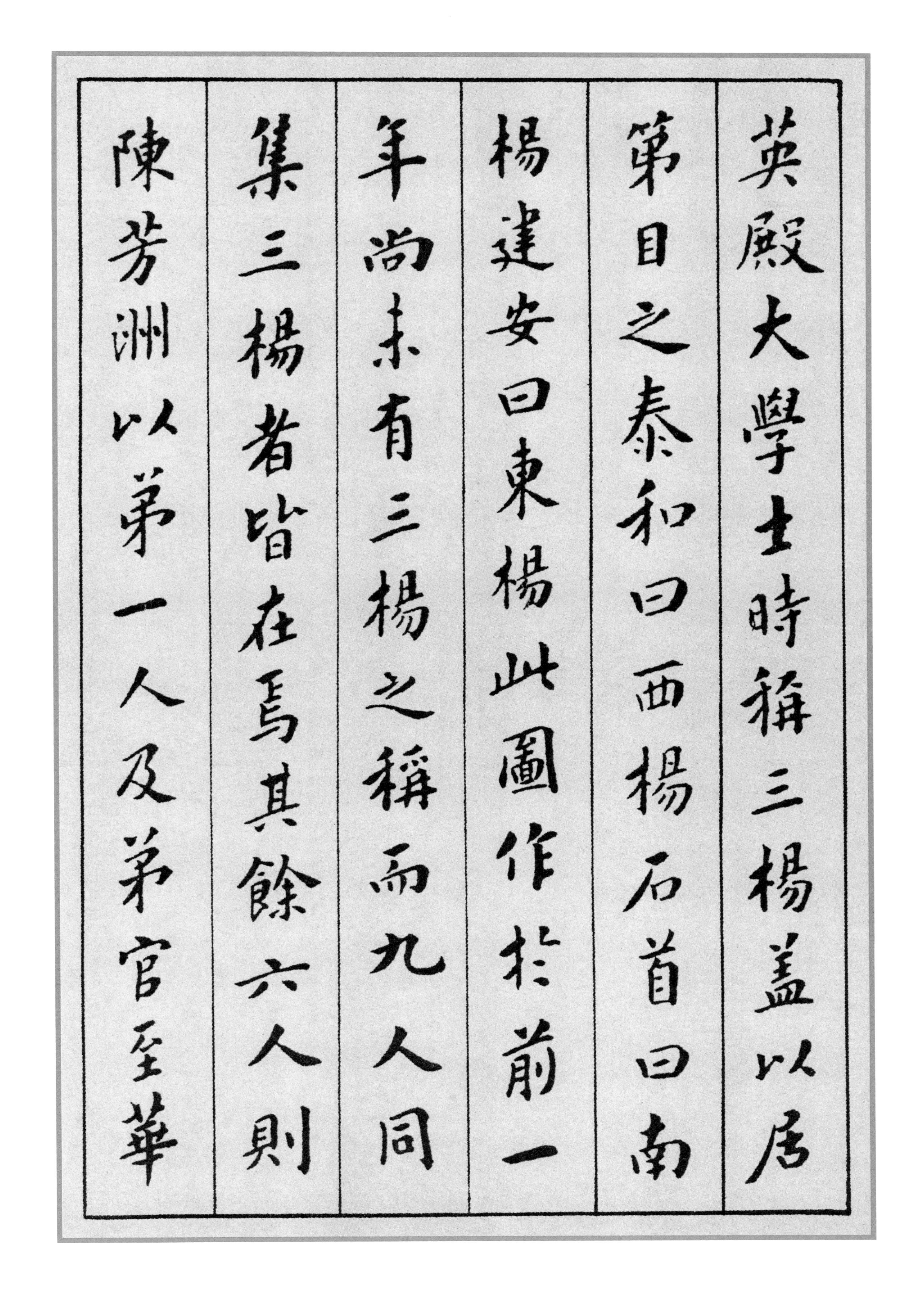

英殿大學士，時稱『三楊』，蓋以居第目之。泰和曰『西楊』，石首曰『南楊』，建安曰『東楊』。此圖作於前一年，尚未有『三楊』之稱，而九人同集，『三楊』者皆在焉。其餘六人則陳芳洲以弟一人及弟，官至華

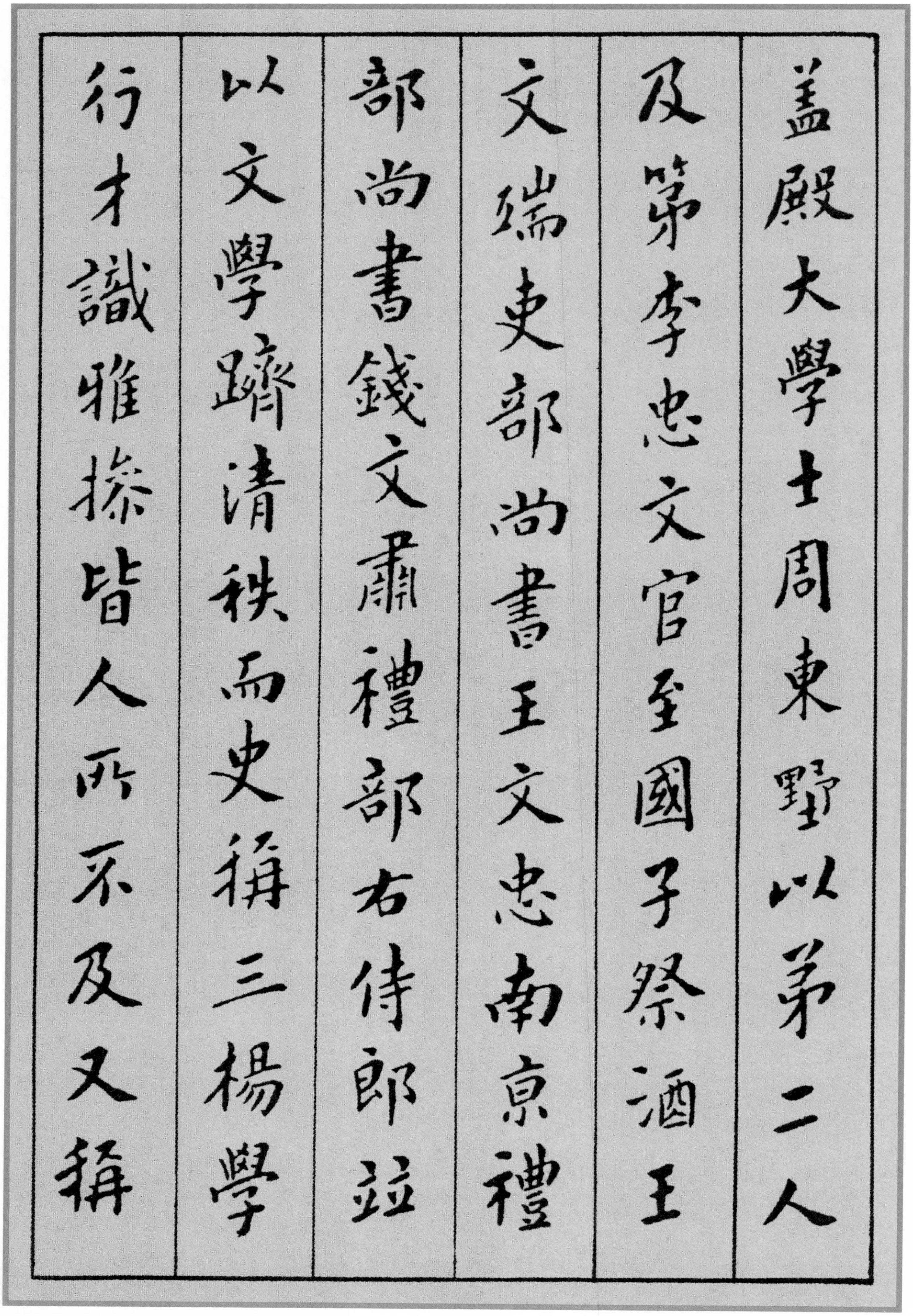

蓋殿大學士周東墅以第二人
及第李忠文官至國子祭酒王
文端吏部尚書王文忠南京禮
部尚書錢文肅禮部右侍郎竝
以文學躋清秩而史稱三楊學
行才識雅擽皆人所不及又稱

蓋殿大學士；周東墅以弟二人及第；李忠文官至國子祭酒；王文端，吏部尚書；王文忠，南京禮部尚書；錢文肅，禮部右侍郎，竝以文學躋清秩。而史稱『三楊』，學行、才識、雅擽，皆人所不及；又稱東楊性喜賓客無稍庢岸想見園中雍容退食琴歌酒賦之雅韻矣史稱士奇老疾蓋在宣德初年至是又經十載則此暮春之集南楊年六十六東楊年六十六西楊年七十三矣謝庭循

東楊性喜賓客，無稍庢岸，想見園中雍容退食、琴歌酒賦之雅韻矣。史稱士奇老疾，蓋在宣德初年，至是又經十載。則此暮春之集，南楊年六十六，東楊年六十七，西楊年七十三矣。謝庭循

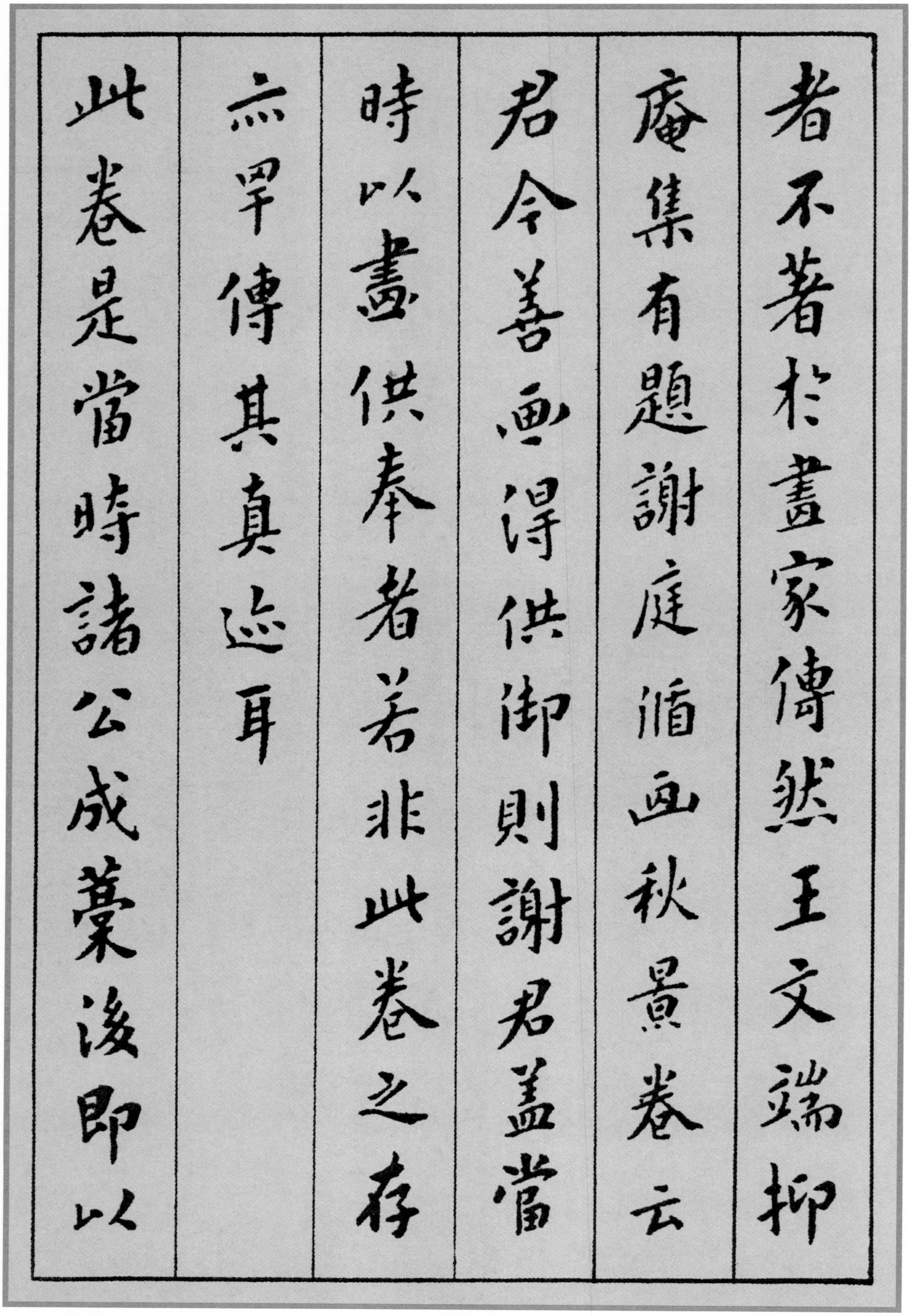

者不著於畫家傳然王文端抑
庵集有題謝庭循画秋景卷云
君今善画得供御則謝君盖當
時以畫供奉者若非此卷之存
亦罕傳其真迹耳
此卷是當時諸公成藁後即以

者，不著於畫家傳。然王文端《抑庵集》有《題謝庭循画秋景卷》云『君今善画，得供御』，則謝君盖當時以畫供奉者。若非此卷之存，亦罕傳其真迹耳。

此卷是當時諸公成藁後即以

付裝褾未經後人褫飾者每接
縫處有關西後裔印而東里詩
後又有漢清白吏子孫印觀者
勿疑也蓋東楊西楊皆漢楊太
尉之後攷東里集清白堂銘序
曰建安楊公勉仁以清白名其

付裝褾、未經後人褫飾者。每接縫處有『關西後裔』印，而東里詩後又有『漢清白吏子孫印』，觀者勿疑也。盖東楊、西楊皆漢楊太尉之後。攷《東里集·清白堂銘序》曰『建安楊公勉仁以清白名其

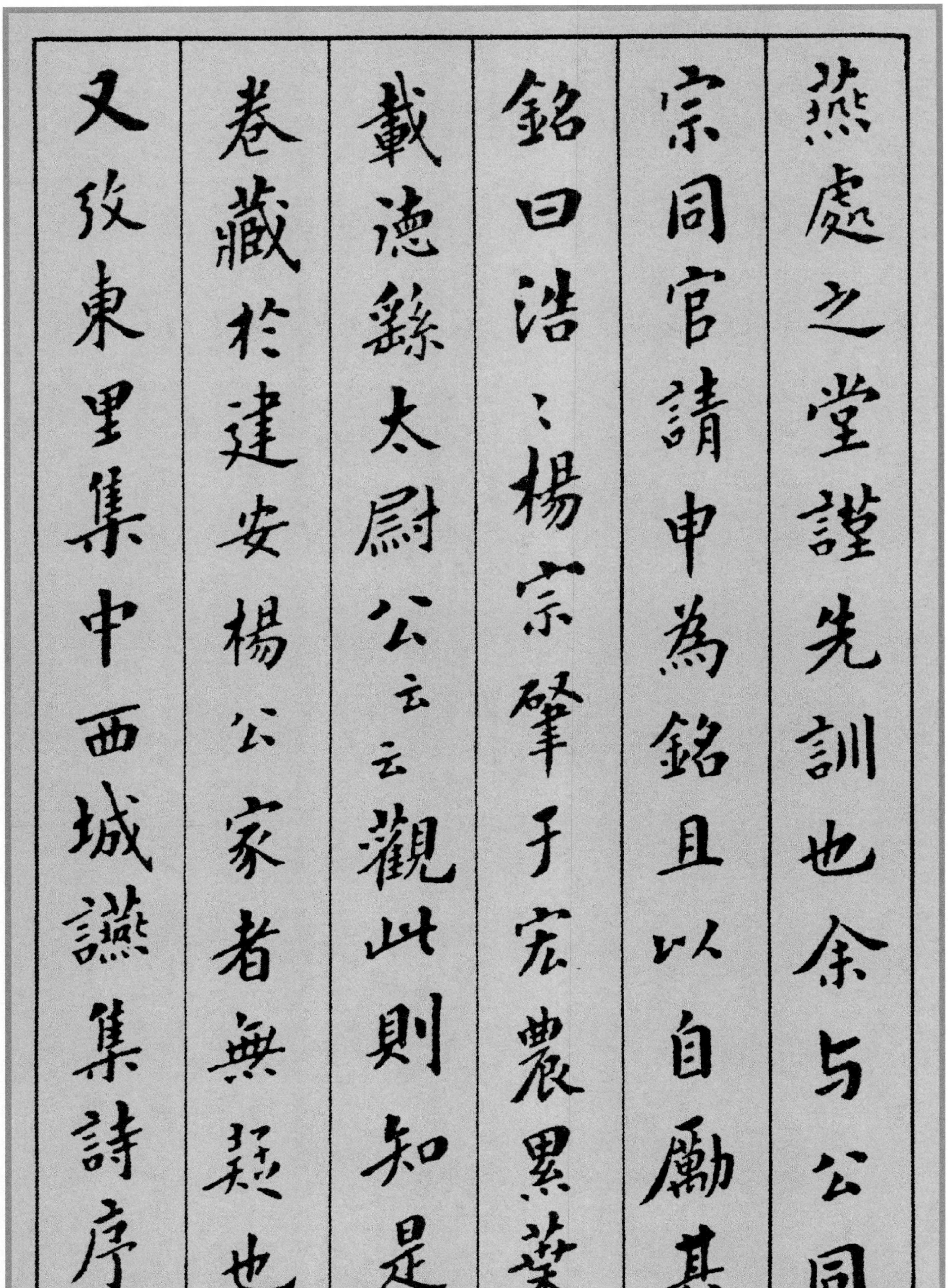

燕處之堂謹先訓也余与公同
宗同官請申為銘且以自勵其
銘曰浩﹅楊宗肇于宏農累葉
載德繇太尉公云云觀此則知是
卷藏於建安楊公家者無疑也
又攷東里集中西城讌集詩序

燕處之堂，謹先訓也。余与公同宗同官，請申爲銘，且以自勵。其銘曰：浩浩楊宗，肇于宏農。累葉載德，繇太尉公』云云。觀此則知是卷藏於建安楊公家者無疑也。又攷《東里集》中《西城讌集詩序》

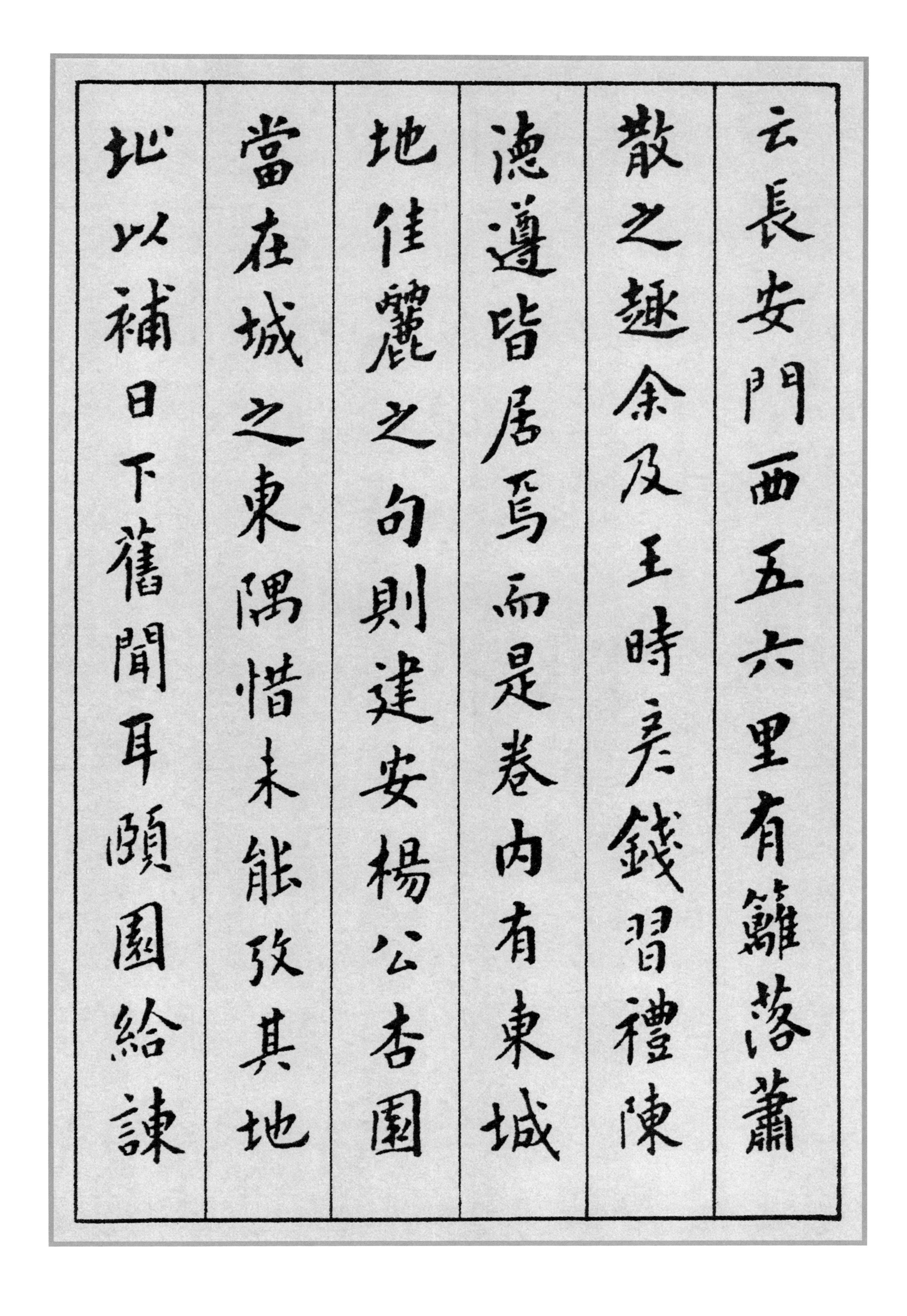
云長安門西五六里有籬落蕭
散之趣余及王時彥錢習禮陳
德遵皆居焉而是卷内有東城
地佳麗之句則建安楊公杏園
當在城之東隅惜未能攷其地
址以補日下舊聞耳頤園給諫

云：『長安門西五六里，有籬落蕭散之趣。余及王時彥、錢習禮、陳德遵皆居焉。』而是卷内有『東城地佳麗』之句，則建安楊公杏園當在城之東隅，惜未能攷其地址，以補《日下舊聞》耳。頤園給諫

既得珎藏此卷於篋暇日出人以
見示爰為攷其大略并系小詩
于後
紅杏尚書宋子京杏園閣老無
人稱不知雙婢夾官燭何如九
老追耆英正統之初暮春首是

既得，珎藏此卷於篋，暇日出以見示，爰爲攷其大略，并系小詩于後。紅杏尚書宋子京，杏園閣老無人稱。不知雙婢夾官燭，何如九老追耆英。正統之初暮春首，是

時蕭艾猶未萌盎〻烘晴好風
日靚光不与凡卉争多少江南
春雨思卷簾燕子呢喃聲蘭亭
次弟羣賢至芸閣追陪後先輩
石欄叢翠點春衣流水琮琤間
鏘珮琴書酒榼以次来笑語繽

時蕭艾猶未萌。盎盎烘晴好風日，靚光不与凡卉争。多少江南春雨思，卷簾燕子呢喃聲。蘭亭次弟羣賢至，芸閣追陪後先輩。石欄叢翠點春衣，流水琮琤間鏘珮。琴書酒榼以次來，笑語繽

紛度花氣休沐何煩問及旬宣
德以来論故事建安南郡偕東
里陳周兩王錢与李主人好客
客復賢宗伯宮端兼學士七賢
濟々盡江西時論狀元多吉水
漸到三楊並直時年傍七旬俱

紛度花氣。休沐何煩問及旬，宣德以來論故事。建安南郡偕東里，陳周兩王錢与李。主人好客客復賢，宗伯宮端兼學士。七賢濟濟盡江西，時論狀元多吉水。漸到三楊並直時，年傍七旬俱

老矣董家杏園同不同想像近
在東闈東坐依石牀聽泉語吟
倚杏夸仰看松倚杏方憐紅纈
茂看松互比黄閣翁栽種莫區
閒艸木筠心孰可侔公忠乃知
主人非好客竚目停觴望何極

老矣。董家杏園同不同，想像近在東闈東。坐依石牀聽泉語，吟倚杏夸仰看松。倚杏方憐紅纈茂，看松互比黄閣翁。栽種莫區閒草木，筠心孰可侔公忠。乃知主人非好客，竚目停觴望何極。

史書那易具苦衷花下見尔真
顔色西楊南楊論楷格奎章何
減香羅蹟苔漬生綃裁數尺寒
食東風暮煙積流雲一桁檻外
横香霧空濛傳不得
乾隆五十有六年歲在辛亥秋

史書那易具苦衷，花下見尔真顔色。西楊南楊論楷格，奎章何減香羅蹟。苔漬生綃裁數尺，寒食東風暮煙積。流雲一桁檻外横，香霧空濛傳不得。

乾隆五十有六年，歲在辛亥秋